その日から
とまったままで動かない
計の針と悲しみと。

――竹久夢二詩集百選

MPミヤオビパブリッシング

もくじ

動かぬもの

その日から
とまったままで動かない
時計の針と悲しみと。

かえらぬ父

ざざ、ざざ、ざろんとよせる波、
ころ、ころ、ころとなる小石

渚《なぎさ》に立ちて見渡せば
波路《なみじ》はるかに飛ぶ鳥も
ゆくえもわかず漂《ただよ》える
父の船かと胸おどる。

オホツク海《かい》の*勇魚《いさな》とり
ゆきたるままに帰り来《こ》ぬ
風のたよりも*白波《しらなみ》の
いつか三年《みとせ》は過ぎにけり。

岬《みさき》もくれて燈台《とうだい》の
青き光はしれども
港へかえる船もなく
ほろほろとなく*浜千鳥《はまちどり》

ざざ、ざざ、ざろんとよせる波。

ころ、ころ、ころとなる小石《こいし》。

＊勇魚とり……鯨をとること
＊白波……泡立って白く見える波
＊浜千鳥……浜辺にいるチドリ目チドリ科の鳥

靴下《くつした》

*ほころびた靴下を捨てるのは惜《お》しくはありません
ほころびた靴下をつ*くろうように
ほころびた心をつくろって下さった
母がいないのが寂《さび》しいのです。

＊ほころびた……縫い目などがほどける
＊つくろう……繕うこと。破れたり壊れた所を直す

再生《さいせい》

焼跡《やけあと》の破《や》れし瓶《びん》の溜《た》まり水に
甦《よみがえ》り咲きいでし水蓮《すいれん》の花よ。
秋の青空水にあり。
焼跡の築地《ついじ》*のうえに腰かけて
空を見あげる乙女《おとめ》よ。
秋の青空眸《ひとみ》にあり。

*築地……柱を立て、板を芯として両側を土で塗り固め、屋根を瓦で葺《ふ》いた塀だけをつき固めた土塀

廃園《はいえん》

——わが夢のふるさとへ捧《ささ》ぐ——

*焼野《やけの》が原《はら》の*こおろぎは
こおろぎは
きのうのように歌えども。
焼野が原のこおろぎは
こおろぎは
きいて悲しむ人もなし。

焼野が原のこおろぎは
こおろぎは
きのうのように歌えども。

＊焼野が原……一面に焼けて荒れ果てた地域
＊こおろぎ……コオロギ科の昆虫、オスは前翅《まえばね》を擦《こす》り合わせて鳴く

冬来《きた》りなば春遠《とお》からじ

陽《ひ》の中に手をさしのべる
薔薇《ばら》のこずえのあかき芽よ。
*さしうつむきて約束をまつ
薔薇の蕾《つぼみ》のあかき頬《ほお》よ。
「*冬来りなば
春遠からじ」

＊さしうつむきて……うなだれて下を向く
＊冬来りなば春遠からじ……英国の詩人シェリーの詩「西風に寄せる歌」の一節からつらい時期を耐え抜けば、幸せな時期は必ず来るというたとえ

遠い恋人

YesともNoとも書かないで
九月一日の朝出した手紙が
あなたへの最後の手紙。
ゆくえも知らぬ私は旅人。
その日のままに
あなたは遠い。
生き死にさえも知る*よしもない
遠い恋人。

Yes とも No とも
いまは*いいやるすべもなく。

＊知るよしもない……知るための手掛かりも方法もない
＊いいやるすべもなく……相手に伝える手段や方法がない

凧《たこ》

子供等《こどもら》よ
紅《あか》い凧を
あげよう

高く高く
雲の上まで

糸をのべよ*

糸をのべよ
雲の上には
何があるだろう
雲の上まで
紅い凧を
あげよう

*のべよ……伸ばす

大きな音

世界中の水が
みんな一つの海だったら
どんなに大きな海になるだろう。
世界中の木が
一本の木になったら
どんなに大きな木になるだろう。
世界中の斧《おの》が
一つの斧であったら

どんなに大きな斧になるだろう。
世界中の人が
一人の人であったなら
なんてまあ大きな人になるだろう。
そしてその大きな人が
その大きな木を伐倒《きりたお》して
大きな海へ投げ込んだら
どんなに大きな音がするだろう。

★この詩は、夢二の童謡集『歌時計』に掲載されている作品で、マザー・グース（イギリスの伝承童謡）を翻訳した作品

春のあしおと

どこかしら
白いボールのはずむ音
いつかしら
足音もない春がきた
隣《となり》の室《へや》へ春がきた。
なにかしら
うれしいことがあるように
春がわたしをノックする。

銀の小鳥

ちらちらと雪ふりしきる
かたちなき心のうえに。
銀の小鳥は恋をさそえど*——
とりとめもなく積もりてはきゆ*
ちらちらと雪ふりしきる。

＊さそえど……誘うが
＊きゆ……消える

春はとぶ

あの日の
ままで
またいつ
逢《あ》うやら
逢わぬやら
たんぽぽが
散るに
そっと

おかえり。

最初のキッス

五月に
花は咲くけれど
それは
去年《きょねん》の花ではない。

人は
*いくたび恋しても
最初《さいしょ》の*キッスは

いちどきり。

＊いくたび ……何度も
＊キッス ……キス、口づけ

月日《つきひ》

月日は流《なが》れ身は流れ
かけた望《のぞみ》も約束も
流れのひまに忘れつつ。

月日は流れ身は流れ
きのうの人もこの人も
流れのひまに忘れつつ。

月日は流れ身は流れ
はた悲《かなしみ》も歓《よろこび》も
流れのひまに流れつつ。

神の名にかけ願《ねが》いし
身はひとつ
去年の五月ことしの五月。

みどりの窓

あなたのために
窓をあけ
あなたのために
窓をとじ
みどりの部屋の
*卓《たく》のへに
青い花を
さしましょう。

あなたのために
窓をあけ
あなたのために
窓をとじ
みどりの窓の
日あたりに
青い小鳥を
かいましょう。

あんまりはやく
幸福《しあわせ》がきて

あんまりはやく
幸福がゆかぬように
私達は
待ちましょう。

＊卓のへに……テーブルの上に

春ゆかば

泣けるときは泣くがいい
もうたくさんだというほどお泣き。
笑えるときは笑うがいい
もう笑えないというほどお笑い。
青春がだんだん過ぎると
泣くことも笑うことも
出来《でき》なくなるときがくる。

秋の眸《ひとみ》

秋の
青い眸は
じつにしずかに
よろこびも
かなしみも
じっと
たたえて
います。

はつ秋の
こころは
さわらないで
さわらないで
いまにも
涙が
こぼれます。

わたしの路《みち》

わたしは窓をあけましょう
窓の下には*樺色《かばいろ》の
りぼんのような野の路が
林の方へつづきます。
朝には私へ新聞と
手紙をもった郵便が
こっちへ歩いて来るのです。
風のしずかな夕方は

わたしのだいじな友達が
*見返《みかえ》りがちにかえります。
わたしの路に陽《ひ》がおちて
薄紫《うすむらさき》に暮《く》れるとき
わたしは窓をとざします。

*樺色……ガマの穂のような赤みを帯びた黄色
*見返りがち……何度も振り返りながら

留針《とめばり》

あなたが
忘れていった
*留針が
「*蒼《あお》ざめた馬」の
中から出てきて
今日もまた
ひとりの
夕方になりました。

＊留針……裁縫で合わせ目や折り目に仮にさしてとめておく針。まち針
＊蒼ざめた馬……ボリス・ヴィクトロヴィチ・サヴィンコフがロープシン名義で書いた小説

手

右の手が
書いた手紙を
左の手は
知らない。

右の手が
握手《あくしゅ》したのも
左の手は

知らない。

だが
左の手の指の指環《ゆびわ》が
何を意味したか
右の手は
知っている。

くれがた*

約束《やくそく》もせず
知らせもなしに
鐘《かね》が鳴る。

約束もせず
知らせもなしに
涙が出る。

*くれがた……暮れ方、夕方、夕暮れ時

ゆく水

ゆく水のこころ
ひとはしらなく
わがこころ
きみしらなくに。*

ゆく水は水　君は君。

*しらなくに……知らない

忘れえぬ面《かお》

野の路《みち》で
ぼんやりと
汽車をみている
娘があった。

悲しい私の
旅の日に

手紙

赤いインクの手紙です
あたしへあてた手紙です
誰にも見せない手紙です
よんだらやぶく手紙です
でも
やぶきたくない手紙です。

母の家

ひとすじの
草の小径《こみち》
母が*在所《ざいしょ》へ
山ひとつ越《こ》ゆれば
母の家《や》の白壁《しらかべ》に
夕日
あかあか
涙ながれき。

＊在所……住んでいる所

靴下《くつした》

あなたのための
靴下を
白い毛糸で
編みましょう。
もし靴下が
やぶけたら
赤い毛糸で
*つぎましょう。

けれども
遠い旅の夜《よ》に
あなたの心が
破れたら
あたしは
どうしてつぎましょう。

＊つぎ……破れた所を繕う

あなたの心

あなたの心は
鳥のよう
*涯《はて》のしれない
青空を
ゆきてかえらぬ
鳥ならば
私の傍《そば》へ
おくために

銀の小《こ》籠《かご》に
入れましょう。

＊涯のしれない……限りない

二人の愛人

わたしに遠いあの人は
*カンパス台のうしろから
だいじな時に笑いかけ
わたしの仕事の邪魔《じゃま》をする。

わたしに近いこの人は
靴下《くつした》をあみお茶をいれ
わたしの世話《せわ》をやきながら

私の仕事の邪魔をする。

*カンパス台……油絵を描くための画布を乗せる台

ある春の日

たんぽぽのむ*く毛は
石竹色《せきちくいろ》の春の空を
雪のごとくとびかえり。

「きみがもっとも深く
*めでたまいしは誰なりし」
かくたずねしひとの
眼はかがやきぬ。

むく毛は雪のごとく
とびかいぬ。

＊むく毛 ……タンポポの種。綿毛
＊石竹色 ……ナデシコ科の植物セキチクの花のような淡い赤色
＊めでたまいしは ……愛するのは

ゆうくれがたに

*ゆうくれがたに
そよ風の
そっと
しのんできたことも
夜の河原《かわら》で
*待宵草《まつよいぐさ》の
ほのかに
白くさいたのも

見たのは
若い月ばかり。

＊ゆうくれがた……夕暮れ方、夕方、夕暮れ時
＊待宵草……アカバナ科マツヨイグサ属の草で、夕方開花し夜間咲き続け
翌朝しぼむことからこの名がついた

雪よ小雪よ

雪よ
わたしの顔にちれ
あついわたしの顔にちれ。
雪よ
わたしの唇《くちびる》に
あかいわたしの唇に。
雪よ
わたしの髪にちれ

*哥磨《うたまろ》の女の脛《はぎ》へ
消える淡雪《あわゆき》。

＊黒門町 ……上野の町名、寛永寺の門が黒いことから由来
＊絵草紙屋 ……錦絵を売る店
＊哥磨 ……喜多川歌麿。江戸後期の浮世絵師、独自の美人画で有名
＊脛 ……すね。ひざからくるぶしまで

忘れた手套《てぶくろ》

それは星の降るような
五月の宵《よい》のことだった。
エデンの園《その》の長椅子《ながいす》に
青い手套を忘れてきた。
むかしも空はうつくしかった。
むかしの人もやさしかった。
だが、もうむかしのことだ。
あの時、帽子《ぼうし》にさした

（幸福《しあわせ》のしるし）である。
青い花はもう
枯《か》れて黒ずんでしまった。
若い娘さんたち
あなたがたのなかで
もしや　わたしの青い手套を
見つけた人があったら言って下さい。

煙草《たばこ》のけむり

*しずやかに
たちのぼる煙草のけむり
めずらしや
*なごみたる心のそばに
寄《より》添《そ》うものは何ならん。
街角《まちかど》にわかれたる恋人《こいびと》は
いや遠し。

＊しずやかに……もの静かな様子
＊なごみたる……気持ちをやわらげる

西へ西へ

遠き昔の夢なれば
時もおぼえず、四国路《しこくじ》に
われ巡礼《じゅんれい》の子に逢いぬ。
『何処《いずこ》へゆく』とたずぬれば
『ゆくえもしらず、別れてし
母をたずねて来《こ》しかども――』
『その母君《ははぎみ》はいずこにて
御身《おんみ》の上をまちたまう』

『ゆくえはさらに白雲《しらくも》の
世界の果ての常春《とこはる》の
たのしき町に母上《ははうえ》は
居《い》たまうよしを、三井寺《みいでら》の
*僧都《そうず》はわれに教えけり。
さればこそ夜も日も*ふだらくや
鐘《かね》を鳴らしてたずぬれど――
世界の果《は》てては見えもせず』
『ある時、母に聞きけるは
世界の果《はて》は日の落《お》つる
西の空ぞとおぼえけり』

『やさしき君よ、いざさらば
西へ西へとたどるべし。
さちあれ君よいざさらば』
泪《なみだ》のうちに巡礼の
後姿《うしろすがた》はかくれけり。

＊僧都……僧尼を統轄するお坊さんの役職名
＊ふだらく……補陀落、観音菩薩が住むと言われるインドのはるか南方の海上にある山

お寺の鐘《かね》

印度茶《インデアンレッド》の夕日は
しずやかにしずみゆく。
黒き老杉《ろうさん》の木の間へ
日本のお寺の鐘は
くれよつの時をつくりぬ。
恋人よ、
いざ夕の祈禱《いのり》せむ。

*老杉……長い年月を経た杉の木　*くれよつ……午後十時ころ

揺籃《ゆりかご》

清く悲しく
今日も暮《く》れにけり。
窓掛《まどか》けのかなたより
ながれいるは楽《*がく》の音《ね》か
言葉なき子守唄《こもりうた》。
わが霊《*たま》は揺《ゆ》れゆるる
窓近き青葉《あおば》の風の揺籃に
やさしく涙ぐめる心は

＊嬰児《おさなご》のごとく
静かに憩《いこ》う。
清く悲しく今日もありけり。

＊楽の音 ……楽器を使った音楽
＊霊 ……たましい
＊嬰児 ……生まれたばかりの赤ん坊

古里《ふるさと》の海

ふる里の海による波
ゆたゆたといまもなお
思出《おもいで》の胸に*さしよる。
*ほの青くやわらかき
母の乳房《ちぶさ》に
頬《ほほ》よせてきく子守唄《こもりうた》
いや遠く遠くなりゆき
涙流れき。

＊さしよる……差し寄る。近寄る
＊ほの青く……かすかに青い

宵待草《よいまちぐさ》

まてどくらせどこぬひとを
宵待草のやるせなき。
こよいは月もでぬそうな。

＊宵待草……植物学的には「マツヨイグサ（待宵草）」が正しく、「ツキミソウ（月見草）」などと同種の、群生して黄色の可憐な花をつける植物。夕刻に開花して夜の間咲き続け、翌朝には萎んでしまうこの花のはかなさが、一夜の恋を象徴している

やくそく

約束《やくそく》もなく日が暮《く》れて
約束もなく鐘《かね》が鳴る。
約束もせぬ寂《さび》しさは
誰に言《*い》いやるすべもなし。

*言いやるすべもなし……言って伝える方法がない

ひとり

人をまつ身はつらいもの
またれてあるはなおつらし
されどまたれもまちもせず
ひとりある身はなんとしょう。

うかれ心

夜は夜とて木*のかしら
幕のあくのをまつこころ。
昼は昼とて野の路で
*三味線草《しゃみせんぐさ》に身をなげて
あの夜のひとをまつこころ。

*木のかしら……文楽の人形
*三味線草……ナズナ。春の七草の一つで、別名ペンペン草

花火

花火のようにのぼりつめ
花火のようにきえました。
花火のようにうつつなう[*]
はかなく消える恋でした。

*うつつなう……夢とも現実とも、はっきりしない状態

花火

紺青《こんじょう》のほのめく*空に
ついついと花火はのぼる
いさぎよくちるや
らんぎく*
やなぎ　からまつ
かぎや　たまや

*ほのめく……ほのかに見える
*らんぎく　やなぎ　からまつ……打ち上げ花火の種類

野の路《みち》

娘のままで
またいつ逢《あ》うやら
逢わぬやら。
さいなら。*
たんぽぽが散るもの。
そっとお帰り。

*さいなら……さようなら

野の路

あるともなき宵月《よいづき》に
あゆむともなきわが歩み
誰《た》が家へつづく野の路ぞ
そぞろ心に歩むなり。

*宵月……日が暮れてまだ間もないころに出ている月

きょう

きのうのための悲しみか
明日の日ゆえの侘《わび》しさか
きのうもあすもおもわぬに
この寂《さび》しさはなに*ならん。

*なにならん……何だろう

貧《まず》しき＊巷《ちまた》の女へ

うそとまことをくみわけて
心よいつもぬれてあれ。
眼《め》には涙をたたえても
こぼさぬほどに光あれ

＊巷……人が大勢集まっている所。世の中

古風《こふう》な恋

あなたを忘れる手だてといえば
あなたに逢《あ》っている時ばかり。
逢えばなんでもない日のように。
静かな気持でいられるものを。

やさしきもの

日ごと夜ごとの*放埓《ほうらつ》に
われとわが身は*さいなみて
昔の夢はすてしかど
心のそばによりそえる
やさしきものは*何《なに》ならん。

*放埓 ……飲酒や色事に夢中になる
*さいなみて ……苦しめる
*何ならん ……何だろう

*晩餐《ばんさん》

銀のナイフは*きさらぎの
*露台《ろだい》の*卓《たく》にひかりつつ
いとしき妻は涙ぐみ
とうときパンをちぎるなり。

*晩餐……夕食
*きさらぎ……如月、二月
*露台……バルコニー、テラス
*卓……テーブル

昨日の夢

青き小鳥は
昨日の夢の恋しさに。
青き小径《こみち》を見にゆきぬ。
青き小径は
小石原さす影もなし。
涙ながしてかえりきぬ。

夕

つきが海からあがる時。
宵待草《よいまちぐさ》がほっかりと
眼をあくようにさきました。
青い家《うち》では窓をあけ
窓の光がさしました。

紅《べに》ほおずき

妹がつまぐる*紅ほおずきを
いわれなく*破りすてつつ
二人して泣きいでぬ。
わけはしらずただかなしさに。

*つまぐる……指先で動かす
*いわれなく……理由もなく

ゆびきり

約束もしないのに
*燕《つばくろ》はきました。
ゆびきりをしたのに
あの人はきません。
夏のあさづき。

*燕……ツバメ

落書《らくがき》

ひとのうわさもたそがれの
うすらあかりにおずおずと
ふたりは壁《かべ》のまえにたち
そのらくがきをよみました。

きみはなくなく袂《たもと》にて
そのらくがきをけしました。

巷《ちまた》の風

風がひとり
巷の坂《さか》をのぼるなり
風にさそわれて
あゆむ心か。

巷の雪

町の巷にふる雪は
きえてはつもりつもりては
はかなごころが身をおとし
夜は夜とて唄《うた》い女《め》の
膝《ひざ》に涙をこぼすゆうぐれ。

傷《いた》める紅薔薇《べにばら》

そっとおひきよ
*撞木《しゅもく》の紐《ひも》は
鐘《かね》がなるたび
身がほそる。

そっとおあけよ
小庭《こにわ》の木戸《きど》は
笹《ささ》がなるたび

身がゆれる。
そっとおしめよ
一重《ひとえ》の帯《おび》は
帯がなるたび
身がほそる。

＊撞木……鐘を打ち鳴らす仏具の棒

悲しい『さよなら』

白い顔が、
だんだん小さくなってゆく――
桃色《ももいろ》のハンカチーフが
ヒラヒラとうごいた。
あ、それも、もう見えなくなる――
涙《なみだ》の中に、黒い列車が浮《う》いて見えた。
『さよなら……』

友情

ただお友達になってあそびましょうね
お友達の垣根《かきね》を越《こ》えないように
そうでないと
別れる時が辛《つら》いから。

恋

ある時は、歓《よろこ》びなりき。
ある時は、悲《かな》しみなりき。
いまは、
十字架

草の夢

とけてきえゆく露《つゆ》ならば
恋もわすれてありしもの
おもいみだるる人の子は
ながれのきしの*しののめに
昼はひるとて草の夢。

*しののめ……東雲、明け方

あけくれ

忘れたり。
思い出したり。
思いつめたり。
思い捨てたり。

ためいき

わかきふたりは
なにもせずに
なにもいわずに
ためいきばかり。

夢

春の夜《よ》の、夢の一《ひと》つはかくなりき。
*丹塗《にぬり》りの*欄《らん》の長廊《わたどの》に
散りくる花を舞扇《まいおうぎ》
うけて笑《え》みたる「*歌麿《うたまろ》の
女《おんな》」の青き眉《まゆ》を見《み》き。

冬の夜の、夢の一つはかくなりき。
黒き頭巾《ずきん》を被《かぶ》りたる

人買《ひとかい》の背《せ》に泣きじゃくり
山の岬《みさき》をまわる時、
「*廣重《ひろしげ》の海」ちらと見き。

*丹塗り……朱で塗ること
*欄の長廊……廊下の手すり
*歌麿……喜多川歌麿。江戸後期の浮世絵師、独自の美人画で有名
*廣重……歌川広重。江戸後期の浮世絵師、「東海道五十三次」など風景画で有名

見知らぬ島へ

ふるさとの山をいでしより
旅に*いくとせ
*ふりさけみれば涙*わりなし。
ふるさとの母はこいしきか。
*いないいな
ふるさとの妹《いも》こいしきか
いないいな。

うしないしむかしのわれのかなしさに
われはなくなり。

*うき旅の路《みち》はつきて
*あやめもわかぬ岬にたてり。
すべてうしないしものは
もとめむも*せんなし。
よしやよしや
みしらぬ島の
わがすがたこそは
あたらしきわがこころなれ。

いざやいざや
みしらぬ島へ。

＊いくとせ……幾年
＊ふりさけみれば……はるかに仰ぎ見れば
＊わりなし……言うまでもない、どうしようもない、もっともなこと
＊いないな……否々、同意しない
＊うき旅……つらい旅
＊あやめもわからぬ……菖蒲の色もわからぬような薄暗い状態
＊せんなし……報われない

若き日

かなしきときは
悲しむこそよけれ。
うれしきときは
喜ぶこそよけれ。
わかき日のために。

街燈《がいとう》

巷《ちまた》をゆく男よ女よ
街路樹《がいろじゅ》をふく風も
屋根《やね》のうえの青空も
この若者《わかもの》の悲哀《かなしみ》に
かかわりもなし。

巷にて彼にゆきあいし友よ。
いま若者の心は悲哀に*みてり

手をとらば涙あふれん。
かなしめるものはひとりゆくこそよけれ。
かなしみの*いやはてまで
*あゆみゆかしめよ。
悲哀のつくる日なきごとく……。

＊みてり……満ちる
＊いや……驚いたり感嘆するときに発する言葉
＊あゆみゆかしめよ……歩んでいきなさい

忘却《ぼうきゃく》
スケッチ帖《ちょう》のはしり画き

*桃割《ももわれ》の子
ローマの子
顔ばかりならべる悲しさ

相見《あいみ》し子
相逢《あいあ》いし子
名も聞かで別れけり

幾山河《いくやまかわ》
さかりきて
春も暮れぬ。

＊桃割……明治初期から中期にかけて少女に流行した髪形

なぎさ

いずこより来《き》たまいしやと
真砂《まさご》は聞きぬ。
名も知らぬ南の島より。
椰子《やし》の実は眼《め》を伏《ふ》せぬ。
いずこへ行きたまう。
失《うしな》いし幸福《さち》をたずねて
ゆくえも知らず……。

昨日につづく波の音《おと》は
かえらぬ旅人《たびびと》の唄《うた》を歌えり。

＊真砂……細かい砂

握手《あくしゅ》

——*乳呑児《ちのみご》の記憶より

坊《ぼう》やがお乳《ちち》をのむときに
そっと手を解《と》き
お乳がすむと
また手をつなぐ

母さんの胸で
握手している

羽《は》織《おり》の紐《ひも》は――

＊乳呑児……まだ乳を飲んでいる時期の幼児

旅ゆく鳥

見《み》知《し》らぬ鳥はとんでゆく
ひとりぼっちでとんでゆく
見知らぬ鳥はどこへゆく

見知らぬ野《の》越《こ》え山を越え
遠い*野末《のずえ》の松の木に
あるかもしれぬ巣《す》をとめて

見知らぬ鳥はとんでゆく
昨日《きのう》のように今日《きょう》もゆく
見知らぬ国へとんでゆく

＊野末……野のはずれ

青い鳥

ちるちる　みちるはどこへいた
緑《みどり》の森へ鳥とめて
青い小鳥をみにいたが
青い小鳥はみえもせず

ちるちる　みちるはどこへいた
緑の海へ鳥とめて
青い小鳥をみにいたが

青い小鳥はみえもせず
ちるちる　みちるはどこへいた
緑の森に路《みち》はなし
緑の海ははてしらず
青い小鳥はまだみえぬ

木《き》の実

とっても　とっても
　とりきれない。
そんなに　たくさん
　実がなった。

たべても　たべても
　たべきれない。
こんなにたくさん

実がなった。

小鳥の唄《うた》

*しらじら夏の陽《ひ》のひかる
青葉《あおば》の影《かげ》がお家《うち》です。
ゆけどもゆけども山と水
そこが私のお庭です。

*しらじら……夜が明けて、だんだん明るくなっていく様子

山の小鳥

山の小鳥は海しらず
海が見たさに山を出て
海辺《うみべ》の里へ来《き》はきたが
いつの間《ま》にやら日が暮《く》れて
どこが海やら音ばかり
見たのは渚《なぎさ》の波《＊なみ》がしら
山へ帰ってゆきました。

＊波がしら……内頭、波の盛り上がったてっぺん

花のゆくえ

ほろり　ほろり　と、花がちる。
花にゆくえを聞いたらば。
空へ舞うのは、蝶《ちょう》になる。
海へ落ちれば桜貝《さくらがい》。
花はのどかに笑ってる。
ほろり　ほろり　と、花がちる。

春の手

どっかであたしを呼んでいる
だれかがあたしを待っている。
ずっと遠くだ、すぐそこだ。
あたしは小窓をあけて見た。
あたしはそっと手を出した、
おもたい、やさしい、なやましい。
あの人の手だ。春の手だ。

ゆく春

くれゆく春のかなしさは
白髪頭《しらがあたま》の蒲公英《たんぽぽ》の
むく毛がついついとんでゆく。
風がふくたびとんでゆき
若い身そらで禿頭《はげあたま》。

くれゆく春のかなしさは
薊《あざみ》の花をつみとりて

とんとたたけば馬がでる
そっとはらえば牛がでる
でてはぴょんぴょんにげてゆく。

春の山

お山がふくれた
お山がふくれた。
そしてそこから
蕨《わらび》が生《は》える。
土筆《つくし》が
生える。
お山がふくれた
お山がふくれた。

春の草

わらび　わらび
わらびがわらう。
げんげ*　げんげ
げんげはげェらげら。
よめな*　よめな
よめなもわらう。

*げんげ……レンゲソウ
*よめな……道端で見かける野菊

子守唄《こもりうた》

好《い》い児《こ》の坊《ぼう》やは、
　　誰《だ》が児ぞや。
お城《しろ》の上の星の児か、
南《みなみ》の海の椰子《やし》の実か。
　　坊やを生んだ、
母が児ぞ。

山と海

山の少女《しょうじょ》は海しらず。

「海にはどんなに沢山《たくさん》の苺《いちご》がとれる？」と聞きました。

海の少女は山しらず。

「森に鰊《にしん》がとれるほど」

かくれんぼ

樫《かし》の木陰《こかげ》で美《みい》さんと
ふたり隠《かく》れて待っていた。

遠くで鬼《おに》の呼ぶ声が
風の絶《た》え間《ま》にするけれど
ひらりと飛ぶは鳥の影《かげ》。

までどくらせど鬼は来《こ》ず

やんがて赤い月が出た。

あげてよいものわるいもの

あたしのポケットになにがある
あてたらあなたにあげましょう。
あたしの袂《たもと》*に何がある
あてたらあなたにあげましょう。
あたしの心に何がある
あててもこれはあげません。

*袂……和服の袖《そで》の、袖《そで》付《つ》けより下の垂れ下がった部分

レンゲ草《そう》*

ひいらいた、ひいらいた
レンゲの花がひいらいた。
あちらの方《ほう》に三つ
こちらの方に二つ。
さあさあいらっしゃい
レンゲの上にねんころり。

*レンゲ草……蓮華草。マメ科ゲンゲ属に分類される中国原産の紅紫色の花が咲く越年草

*山彦《やまびこ》

わたしが笑えば
お山も笑う。

お山が笑えば
わたしは怖《こわ》い。

*いっそ泣いたが好《よ》かろうか。
いやいやお山に泣かれたら

とてもわたしは怖かろう。

＊山彦……山の谷などえ起こる声や音の反響、こだまとも言う
＊いっそ……思い切って

*郵便函《ゆうびんばこ》

郵便函がどうしたら
そんなに早く歩くだろ。
わたしの神戸《こうべ》の伯母《おば》さまへ
わたしは好《す》きなキャラメルを
送《おく》るようにと認《*したた》めて
郵便函にことづけた

三《みっ》つほど寝《ね》たそのあした

わたしの好きなキャラメルは
ちゃんとわたしに着《つ》いていた。

＊郵便箱……ポスト
＊認めて……手紙に書き記す

青い窓《まど》

隣《となり》のとなさん、何処《どこ》へいた。
向《む》こうのお山へ花摘《はなつ》みに
露草《つゆくさ》　つらつら月見草《つきみぐさ》。
　一枝《えだ》折《お》れば、ぱっと散る
　二枝折れば、ぱっと散る
　三枝がさきに日が暮《く》れて
東の紺屋《こうや》へ宿とろか、
南の紺屋へ宿とろか、

東の紺屋は赤い窓、
南の紺屋は青い窓。
　南の紺屋へ宿とれば、
夜着《よぎ》は短かし夜《よ》は長《なが》し。
＊うつらうつらとするうちに
青い窓から夜があけた。

＊夜着……綿入りの着物の形をした掛布団
＊うつらうつら……浅い眠りを繰り返す様子

飛ぶもの

先生のじ*やっぽに羽根《はね》がはえ、
あれあれ宙《ちゅう》を飛んでゆく。
桜の花にも羽根がはえ、
ひらひら空へ舞いあがる。

木《こ》の葉《は》も瓦《かわら》も犬の児《こ》も、
世界のものはみんな飛ぶ。
それとべ蜻蛉《とんぼ》。

やれとべ鳶《とんび》*。

＊しゃっぽ……つばのある帽子《ぼうし》

＊鳶……タカ科の鳥、輪を描きながら上空へ舞い上がる様子や、「ピーヒョロロ」という鳴き声で知られる

月見草《つきみそう》

うつらうつら夢みてた。
月見草の花は、
何故《なぜ》眼《め》をさました。
月姫様《つきひめさま》が、
お出《いで》になると
星が知らせて眼がさめた。

鷗《かもめ》

かもめ　かもめ
白いかもめ。
かもめ　かもめ
風に吹かれて飛ぶかもめ。
かもめ　かもめ
＊帆《ほ》かけて走る。

＊帆かけて走る……船が帆を張り速度が上がるように、早い様子

シャッポ

ひろい空からふる雨は
森のうえにも牧場《まきば》にも
びっくり草にも小鳥にも
みんなのうえにふるけれど
子供のうえにはふりませぬ。

それは子供の母親が
シャッポ*をきせてくれるから。

*シャッポ……つばのある帽子《ぼうし》

枇杷《びわ》のたね

枇杷のたねをばのみこんだ。
おなかのなかのなかへ枇杷の木が
はえるときいてなきながら
枇杷のなるのをまってたが
いつまでたってもはえなんだ。

ロンドンへ

可愛《かわい》い猫《ねこ》よ、クロさんよ。
お前は何処《どこ》へ往《い》ってきた？
野越《こ》え山越えロンドンへ。
女王に逢《あ》いに往ってきた。
可愛い猫よ、クロさんよ。
お前は其処《そこ》で何をした？
女王の椅子《いす》に腰《こし》かけた。
すると下からひょっこりと

鼠《ねずみ》がでたので驚《おどろ》いた。

椿《つばき》

つらつら椿の花が散る。
きらきら椿の葉が光る。
しずかな海を船《ふね》がゆく。
つらつら椿の花が散る。
きらきら椿の葉が光る。

雪の降《ふ》る日

雪の降る日は、駒鳥《*こまどり》の
紅《あか》い胸毛《むなげ》のおどおどと
風に吹かれるやるせなさ。

雪の降る日に、小雀《こすずめ》は
赤い木《こ》の実が食べたさに
そっと見に出《で》るいじらしさ。

＊駒鳥……ヒタキ科ツグミ亜科の小鳥で、日本には夏に渡来し、冬に中国南部へ渡る

黄色《きいろ》の花

トランプの
女王が持てる黄なる花
黄なるがゆえの寂《さび》しさか。
今日《きょう》も今日とて野の路《みち》で
その*きぬぎぬの*しおりとて
汐止橋《しおどめばし》の橋のうえ
果敢《はか》なく消えてしまうもの
今日はどうして暮《くら》そうぞ。

＊きぬぎぬ……一夜をともにした男女が翌朝に着る衣、朝の別れ、離別
＊しおり……目印とするもの

白壁《しらかべ》へ

ふたりはかきぬ。
「しらぬこと」
ふたりはかきぬ。
「よろこび」と
ふたりはかきぬ。
「さよなら」と。

竹下夢二略年表

年号（西暦）	年齢	事項
明治十七年（一八八四）	〇歳	九月十六日、岡山県邑久郡本庄村（現・岡山県瀬戸内市邑久町本庄）、父・菊蔵、母・也須能の次男に生まれる。本名は茂次郎。
明治三十二年（一八九九）	十五歳	神戸の叔父を頼って兵庫県神戸尋常中学校（後の神戸一中、現在の兵庫県立神戸高等学校）に入学。十二月、家の都合で中退。
明治三十四年（一九〇一）	十七歳	夏、家出して上京。
明治三十五年（一九〇二）	十八歳	早稲田実業学校に入学。
明治三十八年（一九〇五）	二十一歳	『中学世界』に応募したコマ絵「筒井筒」が第一賞入選。初めて夢二の筆名を用いる。早稲田実業専攻科を中退。
明治三十九年（一九〇六）	二十二歳	童話雑誌『少年文庫』の挿絵を描く。
明治四十年（一九〇七）	二十三歳	岸たまきと結婚。読売新聞社に入社し、時事スケッチを担当。
明治四十一年（一九〇八）	二十四歳	二月、長男・虹之助誕生。

明治四十二年（一九〇九）	二十五歳	五月、たまきと協議離婚。十二月、最初の著書『夢二画集春の巻』を発刊、ベストセラーとなる。以降五十七冊の作品を刊行。
明治四十三年（一九一〇）	二十六歳	一月、再びたまきと同棲。
明治四十四年（一九一一）	二十七歳	五月、次男・不二彦誕生。たまきと別居。
明治四十五年／大正元年（一九一二）	二十八歳	六月、雑誌『少女』誌上に、「さみせんぐさ」の筆名で「宵待草」の原詩を発表。十一月、京都府立図書館にて「第一回夢二作品展覧会」開催。
大正二年（一九一三）	二十九歳	十一月、絵入り小唄集『どんたく』出版、「宵待草」を現在の三行詩で発表。
大正三年（一九一四）	三十歳	十月、日本橋区呉服町に「港屋絵草子店」を開店。この頃、笠井彦乃と出会う。
大正五年（一九一六）	三十二歳	二月、三男・草一誕生。セノオ楽譜「お江戸日本橋」の表紙画を作画し、以降二七〇余点の楽譜表紙を作画する。十一月、京都へ転居。
大正六年（一九一七）	三十三歳	六月、彦乃と同棲。九月、金沢旅行中「夢二抒情小品展覧会」を開催。

大正七年（一九一八）	三十四歳	八月、九州旅行。彦乃入院。九月、バイオリニスト多忠亮が作曲した「宵待草」が、セノオ楽譜から出版。全国的なヒットとなる。十一月、東京に帰り、本郷菊坂の菊富士ホテルに移る。
大正八年（一九一九）	三十五歳	六月、三越で「女と子供に寄する展覧会」を開催。寄宿先の菊富士ホテルにて、モデルのお葉を紹介される。
大正九年（一九二〇）	三十六歳	一月十六日、彦乃、お茶の水順天堂医院にて病没（享年二十五歳）。
大正十年（一九二一）	三十七歳	お葉と、渋谷に世帯をもつ。（六年後に離別）
大正十二年（一九二三）	三十九歳	五月、恩地孝四郎らと「どんたく図案社」を発足したが、九月一日、関東大震災で潰滅。九月十四日より「都新聞」に「東京災難画信」を連載。
大正十三年（一九二四）	四十歳	十二月、アトリエ兼自宅「少年山荘」（山帰来荘）を東京府下荏原郡松沢村松原（現・東京都世田谷区松原）に建設。
昭和二年（一九二七）	四十三歳	「都新聞」に自伝絵画小説「出帆」を連載。
昭和三年（一九二八）	四十四歳	三月、母・也須能、没（享年七十二歳）。

昭和五年（一九三〇）	四十六歳	四月、群馬県伊香保温泉に一ヶ月滞在、「榛名山美術研究所」の構想を練る。
昭和六年（一九三一）	四十七歳	二月、父・菊蔵、没（享年七十九歳）。三月、新宿三越、四月、新宿紀伊國屋書店、上野松坂屋で渡米告別展覧会を開催。五月七日、横浜港よりホノルルを経由し渡米。西海岸各地で個展を開催。
昭和七年（一九三二）	四十八歳	九月、パナマ運河経由で渡欧。ドイツ、チェコ、オーストリア、フランス、スイスなどを巡り、日本の雑誌に寄稿。
昭和八年（一九三三）	四十九歳	九月十八日、神戸に帰国。十月二十六日、台湾を訪れ講演し、「竹久夢二画伯滞欧作品展覧会」を開催。十一月十一日、帰国。結核を患い病床につく。
昭和九年（一九三四）		一月十九日、文芸仲間であった正木不如丘院長の手配により信州富士見高原療養所に入院。九月一日、「ありがとう」の言葉を残し、満四十九歳十一ヶ月で逝去。有島生馬らにより、東京の雑司ヶ谷墓地に埋葬される。戒名「竹久亭夢生楽園居士」

〔著者紹介〕

竹久夢二

明治17年(1884)9月16日、岡山県邑久郡に生まれる。本名・茂次郎(もじろう)。独学で絵を習得し、新聞・雑誌にコマ絵を投稿し、画家として活躍し始める。明治42年(1909)に『夢二画集 春の巻』を刊行し、その後次々と詩画集を出版。その作風は「夢二式美人」と呼ばれ、人気を得た。大正3年(1914)日本橋呉服町に、夢二意匠による小物類を販売する「港屋絵草紙店」を開店。日本画、水彩画、油彩画、木版画、挿絵、書籍の装幀、広告宣伝物、日用雑貨のほか、浴衣などのデザインも手がけ、日本の近代グラフィック・デザインの草分けともいえる。夢二の作詞による「宵待草」は、大衆歌として大流行した。昭和9年9月1日死去。享年49歳。旅を好み、恋多き、その漂泊の人生は、大正ロマンを象徴する存在とも言える。

その日からとまったままで動かない
時計の針と 悲しみと。
竹久夢二詩集百選

2011年8月1日 第1刷発行

著　者　竹久夢二
発行者　宮下玄覇
発行所　MPミヤオビパブリッシング
〒104-0031
東京都中央区京橋1-8-4
電 話(03)5250-0588(代)

発売元　株式会社宮帯出版社
〒602-8488
京都市上京区真倉町739-1
電 話(075)441-7747(代)
http://www.miyaobi.com
振替口座 00960-7-279886

印刷所　シナノ書籍印刷株式会社

定価はカバーに表示してあります。落丁・乱丁本はお取替えいたします。

本書は『竹久夢二文学館』(日本図書センター)を底本としました。
編集にあたり、旧字体旧かなづかいは新字体新かなづかいに改め、ルビおよび注を補いました。

ISBN978-4-86366-808-9 C0292